[ER]NEST PRAROND

L'ALOUETTE

GAULOISE

LETTRES A M. ALBERT COLLIGNON

DIRECTEUR ET RÉDACTEUR EN CHEF

DE LA *VIE LITTÉRAIRE*

PARIS
LIBRAIRIE SANDOZ ET FISCHBACHER
33, RUE DE SEINE, 33.

1878

De la part de l'auteur

L'ALOUETTE GAULOISE

935. — ABBEVILLE. — TYP. ET STÉR. GUSTAVE RETAUX.

ERNEST PRAROND

L'ALOUETTE

GAULOISE

LETTRES A M. ALBERT COLLIGNON

DIRECTEUR ET RÉDACTEUR EN CHEF
DE LA *VIE LITTÉRAIRE*

PARIS
LIBRAIRIE SANDOZ ET FISCHBACHER
33, RUE DE SEINE, 33.

1878

L'ALOUETTE GAULOISE

PREMIÈRE LETTRE

(*Vie littéraire* du 18 octobre 1877.)

L'ALOUETTE (1).

Abbeville, 26 septembre 1877.

Monsieur le Directeur,

Je ne crois pas qu'il y ait assez d'originalité créatrice, ou simplement de forme, chez la plupart des hommes pour que l'on puisse, sauf exception rare, estimer favorable au développement

(1) Le nom proposé dans cette lettre pour l'association des poëtes du nord, du centre et de l'est de la France était ainsi simplement *l'Alouette*. Remarque nécessaire pour expliquer les lettres qui suivent.

individuel la théorie que résume un très-long mot, — décentralisation.

J'ai hâte de m'expliquer et de prévenir toute équivoque ; je ne songe qu'au développement intellectuel et ne cause ici que de philosophie et de littérature.

On a bien vite reconnu les étapes de l'esprit humain quand on a nommé Athènes, Alexandrie, Rome. — Je ne mets pas aux prises les villes modernes. — Heureux cependant le monde ! En chacun de ces lieux sacrés se sont produits trois ou quatre grands poëtes ou trois ou quatre grands esprits philosophes. Heureuse aussi notre France d'avoir eu et d'avoir Paris !

Du jour où la Toulouse des comtes Raymond a été tuée, Paris, encore grossier mais éducable, est devenu une nécessité française. Aujourd'hui même, Hugo serait-il le poëte admiré du monde, si Paris ne s'était trouvé pour le comprendre, le professer, l'imposer ? La réponse que tout homme né au delà de Montrouge peut se faire résout la question.

Mais Paris ne condamne en rien les groupes de bonne volonté qui sont en lui ou hors de lui comme ces écoles qu'Athènes voyait naître et qui, de ses gymnases et de ses jardins, allaient remplir tout pays grec.

Deux associations récentes doivent à Paris de s'être formées. La *Vie littéraire* les connaît et leur accorde sympathie.

Ces deux groupes ont adopté des signes de ralliement, l'un gracieux et antique, *la Cigale* ; l'autre moderne et rustique, *la Pomme*.

La cigale,

> Dont le chant invite à clore les yeux,
> Et qui, sous l'ardeur du soleil attique,
> N'ayant chair ni sang, est semblable aux dieux (1),

est le plus souvent païenne, idyllique, pure comme le ciel qui la brûle.

(1) Leconte de Lisle, *Poëmes et poésies.*

La pomme, dont la liqueur fut bien étrangère aux noces de Naxos, est froide, dangereuse pour les nerfs, et pousse aux rixes, mais sa fleur a été cueillie par des poëtes dignes d'un plus noble breuvage ; elle est d'ailleurs quelquefois biblique :

La femme du premier homme
Pressait le jus d'une pomme
Aux lèvres de son époux (1).

Entre cette cigale grecque et provençale et la pomme bretonne et normande, ne pensez-vous pas, Monsieur, qu'il y aurait place pour un troisième symbole? Que les poëtes du midi se rappellent Moschus près du buisson sonnant, que les poëtes de l'ouest oublient l'hydromel de leurs pères sous les pommiers chargés de fruits; nous, poëtes du centre, de l'est et du nord de la France, nous aimerions à nous grouper sous quelque bon signe gaulois. La hache de pierre

(1) G. Le Vavasseur, *Poésies fugitives*.

serait trop barbare, le sanglier trop maussade ; mais nous avons un meilleur symbole ; il nous est donné par Pline ; il est gaulois, il est national. Avant moi vous avez dit l'alouette. L'alouette a orné le casque de nos pères ; elle monte droit et haut ; elle ne songe ni à la bataille ni au carnage ; elle est gaie et digne de donner des leçons aux aigles moroses ; elle sait chanter.

Le nombre serait grand des poëtes qu'elle pourrait, emblême choisi, appeler sous ses ailes de l'est et du nord, du cœur de la France et des colonies, des rivières et des montagnes.

Paris seul lui amènerait vingt de ses enfants déjà glorieux ou qui le seront ; Barbier, Busquet, Coppée, des Essarts, France, Franck, Laurent-Pichat, Ménard, Robert, Sully-Prudhomme (1), Vacquerie et d'autres, beaucoup d'autres, plus jeunes, que vous connaissez, et que moi, un

(1) Qui vient d'écrire de si généreux vers. *Vie littéraire* du 20 septembre.

peu plus âgé, je connais moins que leurs aînés.

La Seine, « Seine au cours tortueux, » lui enverrait, de quelque coude favorisé, Cazalis et Renaud : l'Allier, pittoresquement encaissé pour les poëtes, n'en enverrait qu'un, « un seul et c'est assez », Banville ; — le Rhône qui vient des montagnes, et dont le haut cours échappe à la cigale, donnerait au symbole ailé Soulary et Louisa Siefert ; — la Loire, « Loire au long cours », a dit Ronsard, solliciterait deux plumes du symbole, l'une légère, l'autre un peu plus grave, pour servir d'insignes à ses nombreux enfants : Giron, Calemard de la Fayette, V. de Laprade, Monselet, Robinot-Bertrand, André Theuriet (1) ; — la Somme, forcée à plus de modestie bien que nommée par Victor Hugo comme la Loire par Ronsard, se recommanderait de madame Ménessier-Nodier ; — la Voulzie, douée depuis Moreau, déléguerait André Le-

(1) Je suis les rivières à travers les départements.

fèvre ; — la Charente, André Lemoyne ; — le Doubs, à qui Barthet a fait entendre la plainte de Lesbie, députerait Édouard Grenier et Xavier Marmier ; — la Deule qui passe à Lille, Valery Vernier ; — la Saône, Joseph Boulmier ; — la Corrèze, qui a fourni une comparaison à Sainte-Beuve pour les *beaux petits cheveux* d'une jeune bohême, se ferait représenter par un secrétaire même de Sainte-Beuve, Octave Lacroix ; — le Loiret se ferait représenter par un poëte qui est aussi un historien, Jules Loiseleur ; — la Nièvre par Millien et le colonel Francis Pittié ; l'alouette gauloise saluerait l'aigrette française ; — la Gironde, héritière de la Garonne des montagnes et de la Garonne de la cigale, enverrait de Bordeaux Catulle Mendès ; — de plus loin encore, les Pyrénées de l'Ariége, où la cigale ne chante plus, adresseraient au groupe celtique, gaulois, français, un sage, un saint, un patriote, Napol le pyrénéen, le vaillant pasteur Peyrat ; — les mers ramèneraient à ce groupe les poëtes des îles, Leconte de Lisle et Lacaussade ; — l'Alsace enfin, notre Alsace, notre Strasbourg, rendraient à la patrie, dans ce groupe, ce qui appartient à la patrie, avec MM. Ratisbonne, Ristelhuber, Schuré. — L'alouette vole dans tous les climats ; elle adopterait volontiers tous ceux qui chantent dans la langue française, vinssent-ils de la Cuba espagnole comme M. de Hérédia.

Un champ sonore d'avoine m'a donné en juillet dernier cette idée d'association sous un signe chantant ; je vous la livre, ne me réservant que de présenter moi-même, si vous le permettez, l'Alouette à la Cigale :

L'ALOUETTE

Aux poëtes de la Cigale.

I

Fils d'un ciel qui de loin reflète un flot d'Hellé,
Nos frères demi-grecs, vous avez la cigale,

La note de soleil infatigable, égale,
Qu'entend comme la Crau Délos au roc brûlé;

L'alouette est pour nous la cigale du blé
Et du trèfle où l'air bleu d'incarnat se régale,
Chanteuse universelle et qu'aime le Bengale,
Que la Libye écoute et qu'applaudit Thulé.

Gaulois et Phocéens, unissons nos symboles.
La cigale vous dit le chant, les siestes molles,
Le Mélès, la Sicile et les coupes de prix;

L'alouette nous dit l'essor droit des esprits
Et l'accent vif, Marot, caquet de la volière
Qu'ont brisée à toujours Descartes et Molière.

II

Et comme elle ouvrait l'aile aux casques des guerriers,
L'alouette palpite au plein ciel de la Gaule,
Et, montant, descendant ou regagnant le pôle,
Elle avoue, aussi bien que Ronsard, Desperriers,

Et les sages non moins que les aventuriers,
Après Meung ou Villon sifflant hors de sa geôle,
Diderot remuant le ciel d'un tour d'épaule,
Ou Pascal aveuglant de jour les noirs terriers.

Mais elle aime surtout, elle gauloise et frisque,

Ceux qui montent comme elle, à tout vol, à tout risque,
Voulant voir et chanter l'au.delà, l'espéré ;

Elle est bien, sur nos champs résonnants, la voix claire
Du sol et des moissons qui font le sang pourpré
De nos cœurs pour l'amour ou la sainte colère.

E. Prarond.

DEUXIÈME LETTRE

(*Vie littéraire* du 1er novembre 1877.)

Abbeville, 23 octobre 1877.

Monsieur le Directeur,

Je reçois de M. L. Xavier de Ricard une petite réclamation, et il m'annonce qu'il vous en envoie une aussi sur le projet d'association *l'Alouette* (1). Ce titre, *l'Alouette*, appartient, sous la forme *Lauseto*, à une société du midi.

Je n'ai rien à redire à cela, bien que la forme *Alouette* puisse appartenir aux poëtes du nord. La lettre de M. de Ricard, très-courtoise, me fait penser que la réclamation adressée à la *Vie littéraire* ne l'est pas moins.

Agréez, Monsieur, l'expression de mes sentiments cordiaux.

E. PRAROND.

(1) La réclamation de M. Xavier de Ricard parut aussi dans la *Vie littéraire* du 1er novembre.

TROISIÈME LETTRE

(*Vie littéraire* du 15 novembre 1877.)

Abbeville, 3 novembre 1877.

Monsieur le Directeur,

Je lis dans le dernier numéro de la *Vie littéraire* la réclamation de M. L. Xavier de Ricard, à propos du projet d'association *l'Alouette* (1). Je n'ai aucunement à me plaindre des termes de cette réclamation, mais je tiens à établir à mon tour que M. de Ricard ne m'a pas tout à fait bien compris. Je n'ai pas entendu proposer à « tous les littérateurs de France » de former

(1) M. L. Xavier de Ricard avait, par une lettre datée de Montpellier le 20 octobre, contesté aux poëtes des anciennes régions de langue d'oïl le droit de s'associer sous le symbole de l'alouette, l'alouette appartenant déjà sous la forme *lauseto* à une société du midi (la *Lauseto armanac dal patrioto lengodoucian*).

une société appelée l'Alouette ; j'ai désiré seulement engager les poëtes du *nord*, de l'*est* et du *centre* de la France, à faire groupe régional à l'exemple des poëtes du midi et des poëtes de l'ouest, et je leur ai proposé, effectivement, de prendre un symbole français, de langue française, l'Alouette. J'ai cherché à exprimer ces distinctions avec le plus de clarté qu'il m'a été possible : « Entre la Cigale grecque et provençale et la Pomme bretonne et normande, ne pensez-vous pas, Monsieur, qu'il y aurait place pour un troisième symbole ?.... Nous, poëtes du centre, de l'est et du nord de la France, nous aimerions à nous grouper sous quelque bon signe gaulois... » etc. Je répétais encore un peu plus loin ces mots : de l'*est*, du *nord*, du *cœur* de la France ; et tous les poëtes que j'ai eu la fortune ensuite de citer sont bien du *centre*, du *nord* ou de l'*est* de la France. Si j'ai nommé M. Napoléon Peyrat, c'est en rappelant les droits du nord sur les montagnes où les cigales ne chantent plus ; tant je tenais, dans mon projet, à ne rien enlever à la Cigale et aux pays où l'alouette chante sous le nom de *lauseto*.

L'objet de cette lettre est-il donc une contre-réclamation au profit de l'Alouette ? Non et oui. L'oiseau des Gaules pourrait bien appartenir un peu sous son nom du nord aux poëtes du nord. J'ai déjà fait cette réserve dans ma lettre du 23 octobre soumise par vous aux lecteurs de la *Vie littéraire*. Je n'y reviens pas ; là n'est plus la question. J'ai concédé de grand cœur à M. Xavier de Ricard la priorité de la *Lauseto*, mais en ce temps de conciliations négotiées sur un terrain qui n'est pas le nôtre (1), j'en veux offrir une sincère ; je ne suis pas ennemi des fusions — en littérature.

Voici donc celle que je propose à M. de Ricard en réponse à la lettre, gracieuse d'ailleurs, lettre de poëte, que j'ai eu l'honneur de recevoir aussi

(1) Allusion à quelque circonstance que je ne puis me rappeler. Chose fugitive que la politique !

de lui. Je persiste à croire qu'une association qui laisserait la *Lauseto* au midi et qui grouperait sous le nom français de l'Alouette tous les poëtes n'appartenant ni à la Cigale ni à la Pomme, pourrait voir son appel heureusement entendu de l'est, du centre et du nord de la France.

Cette appel nuirait-il à la Pomme ou à la Cigale? Nullement.

L'Alouette chante dans tous les pays. C'est un bon symbole français. M. de Ricard l'admet ; nous sommes d'accord sur ce point, nous pouvons le devenir sur beaucoup d'autres.

Pourquoi l'Alouette ne reconnaîtrait-elle pas des provinces? Les deux noms, qui ne sont pas traduits l'un de l'autre, mais d'un nom gaulois latinisé un jour (1), lui donneraient droit à des fidèles différents ; voilà tout. *Lauseto* autour de Montpellier, elle resterait l'Alouette chez nous, et, toute française toujours, *Lauseto-Alouette* ou

(1) V. M. Littré au mot Alouette.

Alouette-Lauseto, elle pourrait réunir sous ses ailes, dans des sessions périodiques, avec les deux sociétés qu'elle nommerait particulièrement, les sociétés de la France phocéenne et de la France armoricaine, la Cigale et la Pomme.

Je convie M. de Ricard à présider la première fête de la fédération nouvelle, et à inaugurer ainsi les Olympiades de la poésie française.

Agréez, Monsieur, l'expression de mes sentiments cordiaux.

E. PRAROND.

Dans le même numéro du 15 novembre, par une lettre datée du 4, M. Victor Garien, intervenant dans la question, désintéressait M. de Ricard et la *Lauseto* en proposant pour l'association nouvelle le nom d'*Alouette gauloise*.

« . . . .

« Ainsi, disait-il, le Midi poétique et littéraire

ne se contente pas de la Cigale, gracieux emblème des félibres, applaudi et adopté de tous leurs frères français : il leur faut encore l'Alouette, symbole vivant de la race gauloise tout entière ; et ils prétendraient capturer à leur profit ce libre oiseau qui chante dans la lumière du matin, au nord comme au midi, à l'orient comme à l'occident. Soit ! nous aimons cette audace : elle est du moins le signe d'une vitalité énergique ; elle annonce le réveil de la vie provinciale et régionale ; elle respire l'indépendance et l'autonomie. Que les Méridionaux se groupent donc sous un double signe de ralliement. Que nous ayons, à côté de la Cigale provençale, l'Alouette languedocienne, je suis convaincu que la France poétique ne pourra qu'y gagner en originalité.

« Mais que ces Messieurs marchent à leur rang dans cette armée pacifique et ne prétendent point envahir, sous prétexte de génie latin, de civilisation latine, les régions françaises du centre et du nord. Qu'ils laissent se constituer librement d'autres groupes animés d'un autre esprit et poursuivant le but qu'ils poursuivent eux-mêmes, nous aimons à le croire ; la glorification de la patrie française.

« Les félibres, je le sais, ne vont pas jusqu'à nier l'éclat et la splendeur de notre admirable idiome, mais ils paraissent croire que le provençal ou le languedocien, restauré par eux à force d'archaïsme, pourrait lui tenir tête et lutter contre lui, non-seulement comme langage poétique, mais encore comme langue usuelle et organe de civilisation. Ce serait là une entreprise rétrograde et téméraire. On ne détruit pas l'océan des siècles ; et, bon gré mal gré, c'est le dialecte de l'Ile-de-France qui est devenu la langue nationale française, et qui, peut-être, deviendra celle de l'Europe. Entre ces deux tendances, retour au génie provençal du quatorzième siècle, ou marche en avant à la conquête de la langue universelle, il me semble qu'un poëte, un français, un patriote, ne saurait hésiter. C'est pourquoi, me ralliant à la proposition de M. Prarond, je demanderais qu'il soit créé à Paris une association de poëtes français, une Maintenance française.

« Cette association, loin d'avoir un caractère exclusif, fera appel non-seulement aux poëtes de Paris, mais à ceux de la France entière. Elle admettra toutes les autonomies locales et régionales, et représentera le principe utile, nécessaire et fécond, de l'unité dans la fédération. Son emblème, n'en déplaise aux poëtes languedociens, sera l'Alouette, parce que cet emblème tient quelque chose de l'universalité de la race gauloise. Et cette association se constituera sous le titre de l'*Alouette gauloise.* »

M. Garien esquissait ensuite en quelques lignes un projet d'organisation : dîner mensuel et fraternel rapprochant les poëtes, les peintres et les musiciens ; banquet annuel dans une ville de France désignée chaque année par l'association ; publication annuelle d'un volume de vers — en langue française — illustré de dessins et de musique.

Je me hâtai de remercier M. Garien de l'appui actif prêté par lui à ma proposition. Je retrouve ma lettre dans celle qu'il adressait le 20 novembre à M. Collignon (*Vie littéraire* du 29 novembre).

« Paris, 20 novembre 1877.

« Mon cher monsieur Collignon,

« Je vous prie de vouloir bien donner asile à la lettre suivante que je viens de recevoir :

A MONSIEUR VICTOR GARIEN.

Abbeville, 17 novembre 1877.

Monsieur,

Je ne lis qu'aujourd'hui la lettre adressée par vous, le 4 novembre, à M. Collignon. J'ai à vous remercier d'abord des termes très-sympathiques de cette lettre pour ma proposition et pour moi ; mais au remerciement j'ajouterai quelques mots. Vous complétez mon idée. Les peintres, les sculpteurs, les musiciens ont tous les droits de se joindre aux poëtes dans une association complétement artistique. Le dîner mensuel et le banquet annuel resserreraient le lien commun. Le volume qui attesterait la vie de la société contribuerait à la faire durer, etc. — Je suis habituellement bien loin de Paris pour m'occuper activement de la réussite du projet ou des détails d'organisation. Adjoignez-vous quelques amis, priez M. Collignon de se mettre à la tête du groupe. Je n'ai aucune vanité d'initiative ; mais je crois l'idée bonne, et c'est avec plaisir que je la verrais soutenir. Je ne demande, si le succès répond aux bonnes volontés, que ma place parmi les sociétaires.

Vous pourriez compter déjà, parmi les adhérents, M. Emmanuel des Essarts, professeur à la Faculté des lettres de Clermont-Ferrand.

Agréez, Monsieur, l'expression de mes sentiments distingués.

E. PRAROND.

« Et maintenant permettez-moi d'ajouter que déjà de nombreux adhérents, parmi lesquels je citerai M. Albert Mérat, se rallient autour de ce symbole gracieux, d'allure toute nationale et toute française. L'idée prend corps et peut dès à présent se formuler ainsi :

« 1° Publication annuelle d'un volume de vers français avec illustration de dessins et de musique ;

« 2° Dîner mensuel à Paris ;

« 3° Banquet annuel dans une ville de province. — Seront admis dans l'association tous les poëtes, artistes, littérateurs, etc., de Paris, de la province et de l'étranger.

« Il ne me reste plus qu'à me joindre à M. Prarond pour vous prier de donner à cette entreprise la consécration de votre nom et de votre généreuse initiative. L'idée, née dans la *Vie littéraire*, vous appartient et ne peut prospérer qu'entre vos mains.

« Recevez, je vous prie, l'assurance de mon entier dévouement.

« Victor GARIEN. »

QUATRIÈME LETTRE

(*Vie littéraire* du 6 décembre 1877.)

Abbeville, 24 novembre 1877.

Monsieur le directeur,

Je viens de recevoir un mot signé d'une dame qui lit la *Vie littéraire* à Saint-Geniès-de-Malgloires (Gard), madame Mathilde Soubeyran. Madame Soubeyran s'adresse à moi, croyant l'*Alouette* fondée, et demande en termes fort gracieux à entrer dans l'association.

Je lui réponds que l'*Alouette* n'existe encore qu'en projet et je l'engage à attendre un peu.

Est-ce que le projet prendrait réellement? M. Victor Garien l'accueille avec un certain feu. Un poëte de Pithiviers, M. L.-J. Béor, désire comme Madame Soubeyran faire partie du groupe nouveau. M. Emmanuel des Essarts (je vous demande pardon de citer les termes familiers de sa lettre) m'écrit : « Je m'associerais certes de grand cœur à votre pensée. On pourrait prier Collignon, étant à Paris, de prendre l'initiative. »

Je crois effectivement la proposition de M. des Essarts excellente. Nul mieux que vous, Monsieur, n'est placé pour mener à bien le projet, si vous voulez le faire vôtre. Quant à moi, si le succès répond aux bonnes volontés, je ne demande que ma place parmi les sociétaires.

Agréez, Monsieur, l'expression de mes sentiments dévoués.

E. Prarond.

LE CHEMIN DE L'ALOUETTE.

—

La *Vie littéraire* du 13 décembre contient une longue et sérieuse défense du projet l'*Alouette gauloise*, par M. Victor Garien. Cette défense est aussi une savante dissertation étymologique et historique.

Le même numéro contient aussi une lettre adressée à M. Collignon par M. Henri Leverdier, en faveur du projet d'association et du titre l'*Alouette gauloise*.

Dans la *Vie littéraire* du 20 décembre, lettre du 3 du même mois, adressée à M. Collignon, et dans laquelle M. Léon Duvauchel soutient la parfaite convenance pour l'association nouvelle du nom *Alouette gauloise*.

Sonnet intitulé l'*Alouette* de M. J.-Camille Chaigneau, à M. Victor Garien.

Lettre de M. Hector Bethiren, datée de Marseille le 1er décembre et adressée à M. Collignon avec un sonnet : A L'ALOUETTE GAULOISE.

Dans la *Vie littéraire* du 27 décembre, un sonnet sans signature, spirituel et un peu moqueur, intitulé *Transaction* et finissant ainsi :

> Or, j'en atteste Monselet :
> Pour donner au bon oiselet
> La seule épithète assortie,
>
> Fils des Gaulois ou des Latins,
> Faisons planer sur nos festins
> L'alouette. . . . . . toute rôtie !

Lettre datée de Pithiviers, le 14 décembre, signée J. B. et dont l'auteur émet le vœu que le premier banquet de l'*Alouette gauloise* se fasse « dans ce pays Beauceron qui, du temps des Carnutes, était le centre religieux et politique de la vieille Gaule ». — La fin de cette lettre sérieuse, mais sortie de Pithiviers, pourrait ramener la pensée sur la conclusion du sonnet qui précède : « C'est en faveur de ces glorieux souvenirs (la résistance à César), et d'autres plus récents datant de 1870, que nous demandons que la première visite de l'*Alouette gauloise* soit pour le pays des alouettes, qui fut jadis le cœur de la patrie gauloise. »

Dans la *Vie littéraire* du 3 janvier 1878, lettre datée du 25 décembre 1877 et adressée à M. Collignon par M. Sully-Prudhomme. Le poëte adhère à l'*Alouette*, non sans se poser quelques questions qu'il résout en faveur du projet.

Il se demande s'il faut laisser la porte de l'association largement ouverte ou simplement entre-bâillée et surveillée par la critique sévère: « C'est bien vite dit : association de poëtes. Mais à quel signe se reconnaît un poëte ? La définition : est poëte qui prétend l'être me semble la seule libérale, car on est poëte avant d'avoir acquis la notoriété, et c'est même en vue de la rendre accessible aux débutants qu'on doit surtout s'associer. . . . . D'autre part, ceux qui n'ont pas réussi peuvent s'en prendre à l'incompétence du public actuel, dont, en effet, les jugements sont bien souvent infirmés par la postérité. De quel droit leur refuserait-on le titre de poëte? Il n'y a pas de diplômes en art. »

M. Sully-Prudhomme reconnaît cependant le danger des illusions chez ces innombrables poëtes qui se sont sacrés eux-mêmes : « La rêverie la plus médiocre est encore si agréable au rêveur qu'il en prend la douceur pour de la beauté. . . . .

« On doit donc craindre, dans une association ouverte, la seule libérale, je le répète, de réunir une cohue plutôt qu'une élite. »

M. Sully-Prudhomme ne s'en prononce pas moins pour la porte suffisamment ouverte, et après quelques considérations : « J'ai été bien aise, dit-il, d'apprendre que l'*Alouette gauloise* chercherait à créer un lien purement national entre les divers centres poétiques de notre pays sans aucune autre visée. . . . . »

Enfin, M. Sully-Prudhomme fait des vœux pour la réussite et désire « qu'un programme assez net pour prévenir les dissentiments ultérieurs et un règlement d'admission assez sérieux pour constituer une société vraiment littéraire, assurent la durée d'une très-utile institution... » — Tout en se réjouissant « de voir chacun travailler pour sa maison, » — les particularistes du Midi, les défenseurs des dialectes, — il désire que les différents travaux opèrent quelque part leur synthèse. . . . . Il trouve donc « légitime et opportune la pensée de relier, dans le domaine de la poésie, les productions du génie respectif de nos provinces, pour les comparer mieux et les mettre au service du génie national. »

Dans la *Vie littéraire* du 24 janvier 1878, lettre datée de Montpellier, le 20 décembre 1877, et adressée à M. Collignon, par M. L. Xavier de Ricard. C'est une réplique développée et savante aussi, étymologique et historique, à l'article de M. Garien, l'*Alouette gauloise*, publié dans le numéro du 13 décembre.

Lettre de MM. Victor Billaud et J.-Camille Chaigneau, qui, au nom de l'*Académie des Muses Santones*, proposent la ville de Royan pour un des banquets annuels de l'*Alouette gauloise*.

Dans la *Vie littéraire* du 31 janvier, lettre datée de Rouen, le 10 janvier, et adressée à M. Collignon par M. Marius Dillard. M. Dillard craint que l'*Alouette gauloise* ne soit une association décentralisatrice. Il dit :

« . . . . . Aujourd'hui même, Hugo serait-il le poëte admiré du monde, si Paris ne s'était trouvé là pour le comprendre, le professer, l'imposer ? C'est en ces termes que M. Prarond se déclare partisan de la centralisation (1), mais

(1) Le typographe a composé décentralisation, erreur qui détruit le sens de la phrase de M. Dillard.

n'a-t-il pas réfléchi qu'en fondant l'*Alouette*, c'est-à-dire une société de province, c'était faire un pas vers la décentralisation. Et, en effet, ce groupe ne siégera-t-il pas en province, ne sera-t-il pas composé, plus ou moins, de ittérateurs de province, dont la plupart sont franchement décentralisateurs?

« Or, vous les connaissez ces médiocrités dont Alcide Dusolier a dit : « Les académiciens de province sont tout ce que vous voudrez, excepté des artistes. Ils sont conseillers à la Cour, conseillers municipaux, architectes, maîtres de pension, — *gens du monde*..... Une idée hardie, une forme originale les fâcherait, les bouleverserait.... (1).

« .... De la fondation de l'*Alouette* à la décentralisation il n'y a qu'un pas, et ce pas est facile à franchir.

« M. Garien va plus loin et son article sur

(1) Ceci n'est pas un livre, Poulet-Malassis, 1861.

l'*Alouette* vient confirmer mes craintes. « Il serait peut-être temps de décentraliser, dit-il ; l'œuvre que nous voulons est une large et profonde décentralisation. » Je suis loin de vouloir appliquer à M. Garien ce que je disais plus haut; j'ai lu des vers de lui dans lesquels j'ai remarqué beaucoup de talent. *Les Bœufs* notamment me l'ont rendu sympathique.

« .... Pour me résumer, je dis : Groupez-vous, formez une société, soit, mais si vous voulez un centre, prenez Paris ; que le banquet et la réunion soient à Paris. Puisque l'*Alouette*, comme le disait M. Prarond, aura des membres dans toutes les parties de la France, pourquoi ne pas donner la préférence à la Capitale ? »

M. Marius Dillard terminait en avouant sa sympathie pour l'*Alouette*, à la condition qu'elle ne fût pas une société décentralisatrice.

CINQUIÈME LETTRE

(*Vie littéraire* du 7 février 1878.)

Abbeville, 24 janvier 1878.

Monsieur le Directeur,

Je lis dans la *Vie littéraire* d'aujourd'hui l'invitation de deux membres de l'Académie des Muses Santones. MM. Victor Billaud et Camille Chaigneau proposent à l'*Alouette gauloise* la jolie ville de Royan pour un des banquets annuels dont l'idée appartient à M. Victor Garien. Le lieu vaut qu'on s'en souvienne. L'Océan est en vue sous les couchers de soleil, le Médoc juste en face, de l'autre côté de la Gironde, sous les feux du midi, et les parcs pleins des saveurs vivantes de Marennes ne sont pas trop éloignés, au nord, derrière la Tremblade. Pas de meilleur site pour les yeux, pour la poésie, ni même pour les exigences de la nappe fraternelle. Le rendez-vous est donc bien tentant, mais un peu lointain pour les poëtes et les artistes du nord, du centre et de l'est de la France.

Ne conviendrait-il pas mieux de désigner pour le premier banquet une ville où les chemins de fer montants ou descendants amèneraient plus facilement nos confrères, poëtes, peintres, sculpteurs, musiciens de France, de Lorraine, d'Alsace, de Belgique?

Vous me pardonnerez de nommer une ville qui me tient au cœur par beaucoup de raisons.

Abbeville a eu autrefois ses fêtes du Puy d'Amour, ses concours de ménestrels. On y a conservé le souvenir de la *fosse aux ballades*, théâtre naturel dans le bois de la commune, où, chaque année, étaient applaudis les romans anciens et les chants nouveaux. C'était aussi une ville gourmande et elle n'a pas complétement perdu cette qualité (nous convoquerions Monselet). Deux bons restaurateurs s'y font une concurrence utile; on pourrait facilement et convenablement s'entendre avec l'un d'eux pour un repas qui n'aurait rien d'ascétique. Les hôteliers ont des prix raisonnables ; etc.

Abbeville se rappellerait non sans fierté les solennités populaires et poétiques du passé, en voyant descendre chez elle, au-dessus d'un groupe de poëtes de sa vieille langue régularisée, les ailes de l'*Alouette gauloise*.

La question du premier banquet annuel se trouverait ainsi résolue au profit, ou pour mieux dire, à l'honneur d'une ville picarde qui a eu ses *Rois d'Amour*, et la fondation nouvelle se complairait peut-être au souvenir des institutions du treizième siècle.

La question du premier dîner mensuel à Paris pourrait être résolue dans des circonstances exceptionnellement heureuses.

M. Bardoux, le ministre préoccupé de tout ce qui est art ou pensée, ne refuserait pas d'accorder lui-même ou d'obtenir à l'*Alouette*, pour cette première réunion, une salle du Trocadéro au mois de mai qui vient.

Si la République vit, elle tiendra dans l'avenir pour les premières entre les plus splendides les fêtes de l'intelligence.

Pour l'inauguration de nos *frairies* de la poésie et de l'art dans le palais qui dominera toute l'Exposition, — c'est-à-dire, pendant un an, le monde, — je proposerais d'offrir la présidence à M. Victor Hugo, dont je n'ai pas osé mêler le nom au premier projet de l'*Alouette*.

J'ai l'honneur de soumettre à votre appréciation, Monsieur le Directeur, ces nouvelles propositions complémentaires et pratiques, je l'espère.

L'activité de M. Victor Garien mènerait à bien l'exécution.

Agréez, Monsieur le Directeur, l'expression de mes sentiments cordiaux.

Ernest PRAROND.

SIXIÈME LETTRE

Vie littéraire du 14 février 1878.

Abbeville, 1er février 1878.

Monsieur le Rédacteur en chef,

La lettre de M. Marius Dillard que m'apporte la *Vie littéraire* d'hier appelle une légère rectification.

« Aujourd'hui même Hugo serait-il le poëte admiré du monde, si Paris ne s'était trouvé là pour le comprendre, le professer, l'imposer ? » C'est en ces termes que M. E. Prarond se déclare partisan de la décentralisation, mais n'a-t-il pas réfléchi qu'en fondant l'*Alouette*, c'est-à-dire une société de province, c'était faire un pas vers la décentralisation ? »

Pour tout lecteur attentif il n'y a dans cette phrase qu'une erreur typographique. M. Dillard a écrit évidemment : « c'est en ces termes que M. Prarond se déclare partisan de la centralisation, etc.. »

Mais je tiens à préciser.

Je suis bien un jacobin en littérature. Partisan de la vraie langue française et convaincu de la nécessité de Paris enseignant, je ne suis pas le moins du monde un fédéraliste de dialectes, ni même un fédéralitste d'académies plus ou moins *florales*.

Je crois, et je répète en de nouveaux termes, que, sans Paris, nous ne serions à peu près, dans la province actuelle, que des Thébains mais sans Pindare.

La province de Thèbes s'étend partout à ce point de vue hors de Paris, à Lyon, à Toulouse, à Bordeaux, à Bruxelles, à Chambéry (malgré de Maistre), à Genève (malgré Calvin).

Qu'on n'objecte pas M. Soulary à Lyon, M. Xavier de Ricard Montpellier. MM. Soulary et Xavier de Ricard ne sont pas des poëtes de Lyon ou de Montpellier; ils demeurent bien à Lyon et à Montpellier, mais entre le boulevard Montmartre et le palais du Luxembourg ; et, si Paris n'existait pas en ses qualités actuelles, ces poëtes domineraient certainement encore leurs concitoyens, mais non de si haut, de la même façon, avec la même évidence. Les premiers par le caractère toujours, ils ne le seraient pas de droit acquis, visible, par la pratique d'un art savant comme le leur.

Si Paris doit dans mille ans être Toulouse, Bruxelles sera peut-être alors Paris ; mais que Bruxelles se résigne à attendre et que Lyon perde l'espérance. Les poëtes qui pourront les honorer auront reçu l'étincelle de plus loin que les galeries Saint-Hubert ou la place Bellecour.

Je suis parfaitement d'accord dans cette conviction avec M. Dillard et avec M. Alcide Dusolier que cite M. Dillard. M. Dusolier a des droits à donner son avis. Il a fait depuis peu, pour l'achèvement de son éducation, l'expérience de la province. Les périgourdins, ayant à choisir aux élections d'octobre entre lui et un affreux réactionnaire, ont cru faire œuvre de sagesse en laissant l'esprit alerte aux *Propos de Jean de la Martrille* et en envoyant à Versailles l'autre esprit qui n'a jamais compromis un vers pour *Phanor* ou pour *Diane*. A ce bon jugement périgourdin Jean de la Martrille gagnera certainement, mais les électeurs sont trop de Nontron. Voilà l'intelligence des villes qui ne sont cependant pas les dernières dans l'art des pâtés.

Je ne tiendrais donc pas outre mesure aux banquets de province proposés par M. Garien sans l'espoir que la petite Thèbes d'inauguration de ces banquets sera ma ville, et sans cet autre espoir, plus haut, d'un profit intellectuel et littéraire pour la province annuellement et successivement parcourue.

Les justifications sérieuses des tournées seraient une sorte d'*agada* errante, la révélation de l'esprit vivant, une prédication ambulante d'art, de forme, de pensée, soutenant, encourageant les meilleurs.

Quant aux « conseillers à la Cour, conseillers municipaux, *gens du monde,* » etc., tenus à distance respectueuse, ils fourniraient à MM. Dusolier et Dillard l'occasion de mesurer jusqu'à quel angle obtus, tournant au cercle, des yeux d'hommes graves peuvent s'écarquiller.

En définitive, si j'applaudis aux banquets d'enseignement, de *Sursum corda*, hors de Paris, il me coûterait de m'éloigner beaucoup des termes de ma première lettre : « Je ne crois pas qu'il y ait assez d'originalité créatrice, ou simplement plastique, chez la plupart des hommes, pour que l'on puisse, sauf exception rare, estimer favorable au développement individuel la théorie que résume un très-long mot, — décentralisation. »

Comme dans cette première lettre, j'écris de nouveau sans hésiter : Heureuse notre France d'avoir eu et d'avoir Paris !

« Mais Paris ne condamne en rien les groupes de bonne volonté qui sont en lui ou hors de lui comme ces écoles qu'Athènes voyait naître, et qui, de ses gymnases et de ses jardins, allaient remplir tout pays grec. »

Je demanderais aussi que Paris emplît de la même façon tout pays fançais. — J'ai écrit le mot provinces de la poésie. C'est Paris lui-même qu'il faudrait porter par des *missions* dans ces provinces, et, pour y développer des écoles fécondes comme l'étaient les écoles d'Athènes hors d'Athènes, je proposerais, avec M. Sully-Prudhomme, la plus libérale facilité d'accès au groupe central pour tous les esprits de bonne volonté qu'un sentiment non vulgaire agite. Il est bon que la poésie s'offre à certains jours à tout le monde. Vaguement comprise des moins bien doués, elle éclaire toujours un peu. Des intérêts d'âmes rendent désirables ces descentes de la poésie. Une seule apparition de l'art vrai peut déterminer une vocation qui s'ignore, — c'est bien, — et peut aussi désabuser des confiances malheureuses, — c'est bien encore, — ou guérir une cause de dégradation intellectuelle, l'estime de l'art faux, — c'est toujours bien, — mettre en fuite honteusement l'art faux lui-même, — c'est encore mieux.

Ainsi, ces développements l'établissent, je demeure d'accord avec ma première lettre ; et dès ma première lettre que la *Vie littéraire* a bien voulu accueillir le 18 octobre dernier, j'étais d'accord avec M. Dillard. « Nous, poëtes du centre, de l'est et du nord de la France, nous aimerions à nous grouper sous quelque bon signe gaulois. » Mais qui prononce ces mots : centre, est et nord de la France, suppose toujours Paris au milieu. Le vrai *champ* d'où l'*Alouette* doit prendre tous ses vols et où elle doit toujours revenir, est couvert des toits de Paris.

Agréez, Monsieur le Rédacteur en chef, l'expression de mes sentiments cordiaux.

Ernest PRAROND.

SEPTIÈME LETTRE

(*Vie littéraire* du 21 février 1878.)

Abbeville, 29 janvier 1878.

Monsieur le Directeur,

La *Vie littéraire* est tenue ouverte par vous à toutes les initiatives. Me permettrez-vous d'y traiter en quelques mots d'un concours patriotique, pacifique, national, que je verrais avec bonheur rattaché à la fondation de l'*Alouette gauloise ?*

M. Talandier a proposé dernièrement à la chambre des députés (séance du 25 janvier) de déclarer la *Marseillaise* chant national.

Un chant national, pour satisfaire à toutes les exigences publiques, devrait pouvoir servir de voix constante au peuple dans toutes les circonstances de sa vie de peuple, commander la victoire en temps de guerre, ouvrir les cœurs en temps de paix.

Cette adaptation commune à des circonstances diverses est facile quand l'hymne est banal, comme *Dieu sauve le roi* ou *Dieu sauve la reine!* Mais nous demandons plus. A nous français, il faut le chant de Tyrtée ou celui d'Amphion.

La *Marseillaise*, le *Chant de l'armée du Rhin*, est la *Tyrtéenne* française. Ne serait-il pas possible d'en faire aussi le chant français de paix et de fraternité?

Le rhythme sorti de Strasbourg est assuré de traverser les siècles, et tant qu'il y aura un peuple vivant du même amour et des mêmes colères entre l'Océan et les Alpes, les Pyrénées et le Rhin, les notes frémissantes d'avril 1792 rappelleront à nos descendants le grand printemps français.

S'ensuit-il de ces souvenirs attachés aux paroles et aux notes, que nous devions conserver dans toutes les situations de notre vie de peuple les paroles avec les notes ?

Non ; que l'on sépare les paroles des notes ; que d'autres paroles, rassemblées par un tour d'habileté émue, expriment des sentiments différents sous les notes conservées, et, à travers les sentiments pacifiques, les souvenirs des justes colères subsisteront encore suffisamment, comme un accent persévérant d'héroïsme dans un chœur des Panathénées.

Les notes immortelles pourront ainsi porter un hymne double. Les paroles anciennes conduiront aux batailles nécessaires ; les nouvelles à la fraternité désirée.

Nous ne devons en aucun cas renier ni le nom ni les notes du chant.

De grands vers calmes de Lamartine nous ont donné une *Marseillaise de la paix* tout à fait étrangère au rhythme saint. Ce qu'il nous faudrait, c'est une *Marseillaise de la paix* sur le vieil air.

Les nouvelles paroles convoqueraient tous les peuples au banquet de l'humanité unie ; les anciennes, toujours facilement retrouvées, iraient reprendre un jour Metz, Strasbourg, Mulhouse.

Et toujours en pleine paix, l'air, religieusement conservé, sous-entendrait la patrie sauvée. Indéfectiblement, les souvenirs glorieux se mêleraient, dans le chant, aux effusions habituelles de concorde.

Mais qui composera l'hymne pacifique, l'hymne de la réconciliation future des peuples ?

Le mieux inspiré, le moins attendu peut-être, un Rouget de l'Isle d'atelier, de bureau.

Pour inviter à se produire ce mieux inspiré, il conviendrait de faire pénétrer l'appel partout.

Un concours national serait ouvert pour la composition de trois ou cinq strophes au plus sur l'air sacré. Un prix récompenserait le vainqueur.

Ce prix pourrait être délivré au Trocadéro dans la fête d'inauguration de l'*Alouette gauloise*, et l'hymne national de paix, chanté alors pour la première fois, serait entendu et acclamé des peuples réunis au Champ-de-Mars.

Pour la première fois l'air de l'armée du Rhin, au lieu de menacer, ferait accueil ; les paroles, de circonstance pendant l'exposition, demeureraient ensuite la prédication populaire des meilleures fêtes françaises.

La tentative du poëte sera effrayante. Devant lui se dresseront les événements prodigieux auxquels ont été mêlées les strophes anciennes, et qui ont fait de ces strophes, très-discutables littérairement, un texte liturgique. Pour la hardiesse et pour les difficultés, le prix, quel qu'il soit et quel que soit le succès de l'entreprise, sera toujours forcément modeste.

Une souscription ouverte par la *Vie littéraire*

aiderait à fournir une part de ce prix (1).

Agréez, Monsieur le Directeur, l'expression de mes sentiments cordiaux.

ERNEST PRAROND.

(1) 5 février. — Retour sur la souscription en vue d'offrir un prix à l'auteur du meilleur chant national de paix.

.....Le prix devrait être de 5,000 francs, de 10,000 francs, mais ne fût-il que de 500 francs, il suffirait. La récompense glorieuse ne serait pas la somme d'argent.

Je persiste à penser qu'avec des paroles diverses pour les temps de guerre et pour les temps de paix, il conviendrait de conserver l'air national de Rouget de l'Isle ; cependant, si l'alliance pure était reconnue impossible pour le chant de paix, ne pourrait-on mettre en réserve une partie du prix pour le musicien qui serait venu en aide au poëte en appropriant l'air héroïque aux paroles fraternelles ; pour le compositeur dont le programme aurait été, avant tout, de conserver, dans les modifications nécessaires, assez du thème de Strasbourg, pour que l'émotion des souvenirs entretenus pût frémir toujours dans nos fêtes les moins guerrières ? C'est à vous, Monsieur le Directeur, d'apprécier s'il n'y aurait pas, pour le succès de la tentative patriotique, une collaboration à encourager entre un poëte et un musicien, collaboration dont la seule loi imposée serait le souvenir libre mais respectueux du vieil air déjà national.

OCCASION PRISE AU VOL.

—

Le 4 avril, M. Paul Arène proposait de célébrer le centenaire de Voltaire à Châtenay.

Le 10 mai, M. Victor Garien écrivait à M. Collignon :

« Les membres parisiens de *l'Alouette gauloise* (actuellement au nombre de cinquante-quatre) ont résolu de célébrer leur premier banquet à Châtenay, près de Sceaux, à l'occasion du centenaire de Voltaire, et au lendemain de la grande manifestation nationale, dans la fête rustique et printanière, proposée par la *Vie littéraire*... ..

« L'*Alouette gauloise* ne saurait mieux prendre son essor qu'en cet endroit si charmant où naquit Voltaire, où il rêva, où il aima. Quel meilleur patronage pour nous tous, littérateurs, poëtes et artistes, que celui de Voltaire à vingt ans !

« . . . .

« Nous faisons donc appel à tous nos amis des départements, dont plusieurs nous ont déjà offert l'hospitalité pour notre banquet annuel, et nous les invitons à se joindre au groupe parisien de l'*Alouette gauloise*, pour célébrer, dans les premiers jours de juin, à Sceaux, la fête de Voltaire et la fondation de notre libre société dont le principe est toujours : Souvenir de l'indépendance nationale avant la conquête latine. . . . .

« Victor GARIEN. »

INAUGURATION

DE *L'ALOUETTE GAULOISE*.

La fête eut lieu. L'*Alouette gauloise* ne fut pas inaugurée au Trocadéro, mais à Sceaux, dans le parc de la duchesse du Maine, joli lieu, mais petit lieu s'il n'était voisin de Châtenay et de Meudon — par les bois. Tous les journaux ont dit un mot de la fête de bonne humeur. M. Victor Garien l'a racontée dans un *Supplément à la Vie littéraire du* 27 *juin* :

« Paris, 12 juin 1878.

« Mon cher Directeur,

« Les membres de l'*Alouette gauloise* assistaient en grande majorité à la ravissante fête littéraire de Sceaux, dont la pensée était due à notre ami Paul Arène. Chacun a donné sa note dans ce concert poétique, où vibraient et fraternisaient tous les cœurs. Notre association est heureuse d'avoir essayé ses premiers pas sous les auspices du jeune et glorieux Voltaire, qui, sur son piédestal environné de lauriers, souriait au banquet de son centenaire.

« En effet, n'avait-elle pas le droit d'y figurer, notre jeune Société qui compte parmi ses membres des poëtes et des écrivains comme Leconte de Lisle, Banville, Sully-Prudhomme, Coppée, Daudet, Ernest d'Hervilly, André Lefèvre, Monselet, Paul Arène, Valery Vernier, Cladel, et qui se présente avec le patronage illustre de Victor Hugo?

« Des réunions trimestrielles comme celle qu'inaugure l'*Alouette gauloise* ne peuvent que rallier toutes les bonnes volontés et produire la concorde et l'apaisement.

« . . . .

« Recevez, mon cher Directeur, une cordiale poignée de main de votre bien dévoué

« Victor Garien. »

Ne pouvant prendre part à la fête, ainsi que M. Garien a bien voulu l'expliquer (1), j'avais désiré y être présent par quelques vers, surtout pour aider l'*Alouette* à payer la principale dette de son triomphe :

L'ALOUETTE.

A MM. Albert Collignon et Victor Garien,
à qui l'Alouette doit de pouvoir ouvrir les ailes sur ce banquet.

I

L'ALOUETTE GAULOISE.

Notre alouette a vu sur la Gaule, à l'envi,
Toute faim se ruer, férocité romaine,
Voracité mongole, avidité germaine,
Tout nouvel affamé poussant un assouvi.

Elle a fait crier l'aigle à Pharsale, et suivi
En Saxe Charlemagne, et vu le grand domaine
De Rome fourmiller, cadavre ; et l'âme humaine
Prisonnière du corps sinistre, aux vers servi.

(1) *Supplément à la Vie littéraire du* 27 *juin.*

Libre au ciel maintenant, la Gauloise est Française ;
Elle plane, et le monde est son grand diocèse ;
Elle chante, et le monde est son grand Opéra.

Casquée, elle est aussi, comme Pallas, guerrière.
Vos pas, soldats marcheurs, son vol les mesura ;
Mais, ô paix, son chant va plus loin : Canons, arrière !

II

L'ALOUETTE FRANÇAISE.

Les blés verts aux blés d'or veulent qu'oût se prépare ;
Juin le dit, Châtenay l'affirme, Robinson
Ne le contredit pas, et, plus haut, la chanson
Le proclame, qui monte et de l'azur s'empare.

L'alouette est l'oracle et notre espoir compare,
Heureux de la rustique et divine leçon,
Le champ de l'avenir dont proche est la moisson
Au val qui, bien semé, des prochains dons se pare.

Les sillons sont ouverts, soyons les bons semeurs.
Nous-mêmes nous verrons se lever les primeurs
Des jours nouveaux, ainsi que le blé sort de terre.

L'aube alors instruira l'Alouette dans l'air
A l'hymne, au vol, ainsi qu'en ces jardins Voltaire,
Ouvrant les yeux, apprit la malice à l'éclair.

MEMBRES DE L'ASSOCIATION.

—

Aujourd'hui l'*Alouette gauloise* est fondée. Depuis le banquet de Châtenay, la rédaction des statuts a été confiée à un comité dont font partie MM. Albert Collignon, Paul Arène, Émile Blémont, Jules Christophe et d'autres. Les membres adhérents fondateurs, ayant un domicile à Paris, étaient, au mois d'août, au nombre de soixante-dix.

Les chevaliers s'asseyaient en rond autour de la table d'Artus. L'ordre alphabétique est le plus juste entre nous sous le nom de Victor Hugo. Je dois la liste qui suit à M. Louis Durry, administrateur de la *Vie littéraire*.

MEMBRES AYANT UNE ADRESSE FIXE A PARIS.

MM. Victor HUGO.

Alma-Rouch ; — André (Jules) ; — Anfossé (Jules) ; — Aimard (Gustave) ; — Alheim (Jean Limousin d') ; — Arène (Paul) ;

Banville (Théodore de) ; — Bapaume (A.) ; — Barette ; — Bienvenu (L.) ; — Blémont (Emile) ; — Boissé (Jules) ; — Bouchor (Maurice) ; — Bourget (Paul) ;

Carjat (Étienne) ; — Carrier-Belleuse (Louis) ; — Chaigneau (J.-Camille) ; — Champsaur (Félicien) ; — Chebraux (E.) ; — Christophe (J.) ; — Cladel (Léon) ; — Clairville ; — Cleuziou (Henri du) ; — Collignon (Albert) ; — Coppée (François) ; — Coquelin (cadet) ; — Courty (Paul) ;

Daudet (Alphonse) ; — Dezamy (Adrien) ; — Dietrich (Auguste) ; — Durry (Louis) ; — Duvauchel (Léon) ;

Echalié (Jules) ; — Estraz (Hector l') ;

France (Anatole) ;

Garien (Victor); — Gellion-Danglar; — Gill (André); — Grandmougin (Charles);

Hervilly (Ernest d');

Lafenestre (Georges); — Lafitte (Alphonse); — Leconte (A); — Leconte de Lisle; — Lefèvre (André); — Lepelletier (L.); — Le Savoureux (Joel); — Leverdier (Henri); — Levrier (Antonin); — Lubin (Jean); — Lynée (A. de).

Maurel (A.); — Mérat (Albert); — Monselet (Charles); — Murison (Paul);

Pinard (Albert); — Prarond (Ernest); — Proth (Mario); — Puyno (Raoul);

Richepin (Jean); — Rouland (Lucien);

Sauger (Gustave); — Sebillot (Paul); — Sully-Prud'homme;

Theuriet (André);

Valade (Léon); — Vernier (Valery); — Vincent (Charles); — Vicaire (Gabriel).

MEMBRES N'AYANT PAS D'ADRESSE ANNUELLE A PARIS.

MM.

Béor (L.-J.), à Pithiviers ;

Essarts (Emmanuel des), professeur à la faculté des lettres de Clermont-Ferrand.

La liste est évidemment plus longue. Je regrette de ne pas l'avoir reçue au moment de faire tirer cette brochure.

935 — Abbeville. — Typ. et stér. Gustave Retaux.

935. — ABBEVILLE. — TYP. ET STÉR. GUSTAVE RETAUX.

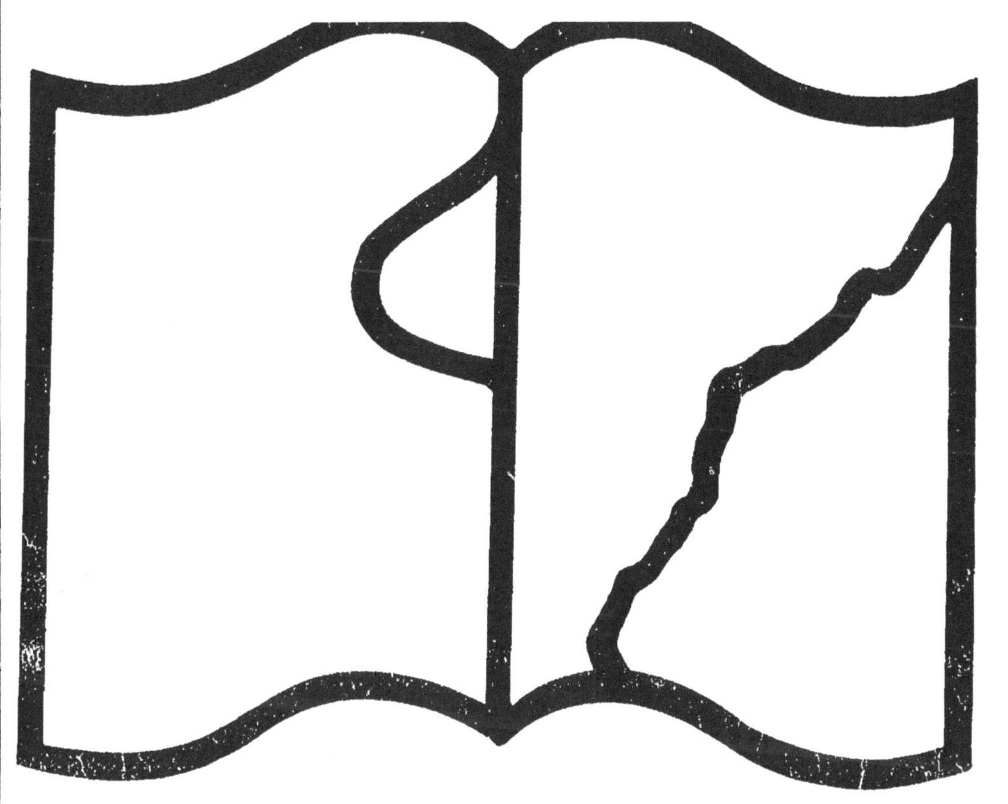

Texte détérioré — reliure défectueuse

NF Z 43-120-11

Contraste insuffisant

NF Z 43-120-14

www.ingramcontent.com/pod-product-compliance
Lightning Source LLC
LaVergne TN
LVHW010034230826
846091LV00005B/1694

* 9 7 8 2 0 1 3 3 7 7 8 1 2 *